AF440198

— Rentrera..........

— Rentrera pas.......

PAR

JACQUES, maraîcher.

Prix . **0.15** cent.

PARIS

A LA LIBRAIRIE : 10, RUE DU CROISSANT

1869

— Rentrera.....

— Rentrera pas.....

— Rentrera....
— Rentrera pas....

PAR

JACQUES, maraîcher

PRIX : 0,15 CENTIMES

PARIS

A LA LIBRAIRIE : 10, RUE DU CROISSANT
1869

AVANT-PROPOS

Deux choses m'ont semblé fort utiles dans un siècle où le peuple dessillé autant que désillusionné s'est aperçu que son cordon-bleu fait danser l'anse du panier.

La première est : l'art d'empêcher l'abus;

La seconde, qui est la conséquence, se borne à en donner la recette avec la manière de s'en servir mise à la portée de tout le monde, c'est le *vade mecum* du citoyen.

Et pour cela il faut : faire bon marché.

Un abus précisément, qui pour la circonstance se fait appeler impôt, met un bâton dans les roues de ce projet. Le Timbre est son nom.

Et cette vignette est fort cher, car elle coûte cinq centimes pièce.

Cinq centimes de premiers frais, immuables, pour le roi... de France ; c'est plus que la valeur de la chose elle-même. Ajoutez le gain que le trafic doit légitimement se réserver, il devient impossible d'établir, à l'instar de ceux qui savent parler agréablement, une propagande populaire, c'est-à-dire à la portée de toutes les bourses.

La chose est réalisable pour certains organes privilégiés. Je vois le *Petit Off.*, qui est sensé supporté l'abus illustré comme les camarades, se vendre un sou. C'est dérisoire. Mais il est avec l'Administration des accommodements pour ceux qui, comme le *Journal Officiel*, payent en nature.

Je rêverais pour ce citoyen qui prend l'impériale de l'omnibus et ne peut s'offrir que la feuille à cinq centimes, une publication au même taux, pour ses moyens et jouissant dans ses doctrines de la même liberté, dont abuse la presse officielle dans les siennes.

« Il n'y a pas de liberté pour la vérité, s'il n'y en a pas pour l'erreur ; il n'y en a pas pour le bien, il n'y en a pas pour le mal. »

Ou l'abolition du timbre, ou le timbre effectif pour tous.

Oui, au lieu d'une ratatouille malfaisante et indigeste, je voudrais servir à ces mêmes appétits quelque chose de potable et de sain. — Ah ! si nous payions en nature !

Malgré, je considère qu'en proposant un livre au meilleur marché, relativement, vu la moindre fréquence de la publication, le but est encore atteint.

Je vous demande pardon, Monsieur, de vous avoir immiscé à toutes ces manipulations d'office ; mais l'aveu en est utile.

Il me reste encore un scrupule dont j'ai à cœur de décharger ma conscience.

Quoique m'inspirant de l'œuvre honnête qu'entreprit Paul Louis Courrier, ne me croyez pas la sotte prétention de m'inscrire en successeur du Maître pamphlétaire. Les vignerons de la Chavonnière ne poussent pas, malheureusement comme les champignons sur les presses du *Constitutionnel*, — je ne parle pas du *Moniteur Officiel :* il tire à 60,000 fonctionnaires —; je l'ai fait en disciple, au contraire, qui a trouvé bonnes les leçons du professeur. Et ma profession de foi est un hommage à sa supériorité.

Je pense n'avoir plus rien à vous dire.

J.

Messieurs les Sénateurs,
Messieurs les Députés,

Il ne reste plus en France que deux partis logiquement admissibles : les Napoléoniâtres et les Irréconciliables.

Il ne faut plus croire à ceux qui se parent de la qualité de Républicain, comme le Geai s'affublait des plumes du Paon. Ce sont des chevaliers de politique : ils s⊣ vendent.

N'avons-nous pas vu Ferragus, ce rouge qu'on croyait bon teint, publier toute une série de brochures au bénéfice d'un prince proscrit, candidat au trône pour la première vacance. — Pendant que *Nos contemporains* éreintent Napoléon III et C⁰, Sa Majesté le duc d'Aumale y est succulemment accommodé. On en mangerait.

Or, en fait de monarchie, il en est comme des femmes selon Champfort : il n'y a pas à choisir entre les autocrates, le meilleur ne vaut rien.

Je pourrais citer quantité d'autres *démoc-soc* dont la couleur a passé aux rayons d'un soleil bienfaisant, démocrates en jacquettes d'orléans.

Il reste à juger : où conduit la Napoléoniâtreté ? où aboutit l'Irréconciliabilité ? — Victimes de la première, nous savons à quoi nous en tenir. Celle-ci mène au gouvernement du peuple par lui même ; il est légitime d'abord qu'une nation s'administre selon ses intérêts — en vue de la prospérité — et non pour rassasier l'ambition du premier venu — au détriment d'elle —, ensuite il est souverainement inéquitable que nous soldions la carte d'une orgie quand nous n'en avons que les détritus.

Le gouvernement personnel est assurément le pire des systèmes, parce que l'homme n'est pas parfait. Et sous un tel régime, il est parfois douloureux — quand il n'est pas cruel — de supporter l'effet des migraines, des humeurs peccantes, des inégalités et des vapeurs impériales ou royales, sans compter les mille autres défectuosités humaines, auxquelles peut être sujet, comme nous mêmes, le mortel à qui une majorité suspiciable a confié aveuglément nos destinées.

M. Louis-Napoléon, élu empereur des Français par la grâce du coup d'État et la volonté de plusieurs milliers de fonctionnaires, vient confirmer cette assertion.

L'empereur a, entre autres, un grand défaut : c'est de faire de l'opposition systématique. Et, si l'on doit quelque jour lui décerner une épithète qualificative, ce ne sera assurément ni celle de *Bien-aimé* ni celle de *Débonnaire* ; l'histoire devra l'étiqueter : *Napoléon III l'Entêté.*

Son passage sur le trône de France n'est en effet qu'un enchaînement de controverses et d'oppositions aux vœux universellement exprimés, qu'une cascade prolongée.

> *De branchâ in branchâ dégringolat.....*

et dont la solution :

> *.................... atque facit pouf ! ! !*

est la conséquence imminente et fatale.

Il n'est qu'un cas dans sa vie, — pour cela on doit l'enregistrer — où le fils de l'auteur de la chanson *Partant pour la Syrie* ne fit pas d'opposition. C'était en 1851.

Louis-Napoléon, alors républicain, avait conquis la présidence de la République française. Il avait juré fidélité à son serment : de ne point convoiter une couronne dont le patriote devait faire fi. Mais un pétitionnement fut organisé pour lui faire accepter le hochet impérial ; et huit millions de suffrages officiels le posent, malgré lui, sur un trône qu'il n'ambitionnait pas le moins du monde. Je l'ai dit, c'est l'unique fois qu'il accéda aux désirs d'une majorité.

Et voilà comment il se fit que le républicain Louis-Napoléon devînt bonapartiste enragé, sous la forme de Napoléon III.

Depuis, tout est bien changé ; et le plagiaire des Césars pasticha jusqu'à leur devise

> Respectons la vertu ; mais, quand il faut régner,
> L'intérêt seul l'emporte et doit la dédaigner.

C'est ainsi qu'il s'inspira d'Euripide pour monter sur le trône ; et de Racine pour s'y maintenir :

> Car d'un trône si saint, la moitié n'est fondée
> Que sur la foi promise et rarement gardée.

Or, il arrive, par le droit d'une constitution, qui est nôtre et non sienne, que nos représentants doivent être convoqués au 5 brumaire et, c'est avec une joie saturée d'impatience que nous aspirons à cette échéance.

Une belle occasion, pense le doux monarque, des faire de l'opposition. Et l'ouverture de la session législative est ajournée par un décret, en style impérial au 29 novembre. Histoire de ne pas déroger à ses petites habitudes.

Du même coup, la Constitution est violée et la Nation reçoit un coup de pied quelque-part ; c'est vrai. Mais l'amour-propre est sauvegardé : le pouvoir a fait de l'opposition !

Je ne vous dissimulerai pas, Messieurs, les craintes qui ont envahi tout d'abord ma mémoire et mon indignation.

Je me suis souvenu, en effet, que nous avons eu dans notre beau pays de France un Napoléon Ier, qui a été le prétexte de celui-ci, et que ce despote, issu aussi d'une révolution, avait un jour trahi un mandat inviolable.

Je me suis souvenu encore que pour ce crime de lèse-Nation, la France de 1815 avait prononcé contre cet homme odieux une sentence qui est la flétrissure éternelle de son nom :

« Le Sénat conservateur,

» Considérant que dans une monarchie constitutionnelle, le monarque n'existe qu'en vertu de la Constitution ou du pacte social ;

» Que Napoléon Bonaparte a déchiré le pacte qui l'unissait au peuple français. . . . . .

. . . .

» Qu'il a commis cet attentat aux droits du peuple, lors même *qu'il venait d'ajourner sans nécessité le Corps législatif ;*

. . . .

» Considérant qu'au lieu de régner dans la seule vue de l'intérêt, du bonheur et de la gloire du peuple français, aux termes de son serment, Napoléon a mis le comble anx malheurs de la patrie par l'abus qu'il a fait de tous les moyens qu'on lui a confiés. . . . . .

» Le Sénat declare et décrète ce qui snit :

» ARTICLE PREMIER. — Napoléon Bonaparte est déchu du trône. »

Je crois le Sénat plus conservateur que ja-

mais, mais hélas ! c'est de ses appointe-
ments.

Certes il est doux pour un homme, parvenu
à cet âge de la décroissance humaine où l'on
peut s'appeler sénateur, de promener ses ar-
moiries et ses rhumatismes de son hôtel
d'Antin à la rue de Vaugirard, et de s'en faire
trente mille livres de rente ; mais, malgré
toutes ces infirmités atténuantes, on ne doit
point faire du palais sénatorial une succur-
sale des sourds-muets. Car le peuple rémunère
votre éloquence pour la défense de sa constitution.

Et, en présence de l'infraction du 5 brumaire, vous ne deviez pas conserver l'attitude
du dieu Terme.

La main auguste qui a administré publi-
quement devant l'Europe un soufflet à la
France entière, provoque un duel. En subi-
rons-nous lâchement la honte, par l'inertie ?
Et vous, Messieurs les Députés, que nous
avons triomphalement appelés à nous repré-
senter, bénéficierez-vous de notre amour sans
vous en montrer dignes ? et faudra-t-il qu'un

vieillard vous montre seul l'exemple, soit plus jeune que vous?

Il n'en peut être ainsi. Il faut au soufflet la riposte ; il faut la démonstration, pacifique mais digne, de l'honneur méprisé et du droit violé.

A ce persiffleur qui nous crie :

— Rentrera pas.....

Il faut répondre :

— Rentrera.

Et il faut rentrer, parce que le mutisme est l'adhésion ou l'indifférence ; et il faut que Napoléon III sache bien que le peuple Français n'est ni adhérent ni indifférent. — En présence d'une violation flagrante et manifeste des droits de la nation, la résistance est un devoir impérieux, un devoir d'honneur commandé par le plus sacré de tous les sentiments, par l'amour de la patrie.

Et, si la revendication de la liberté et de la souveraineté nationale a triomphé aux dernières élections, il faut en perpétuer les droits

Il faut détruire le despotisme.

JACQUES, maraîcher.

18 octobre 1869.

PARIS — IMPRIMERIE VALLÉE. RUE DU CROISSANT. 16